HORSE CLUB™

Das verschollene Pferd

von Emma Walden

Weitere Bücher aus dieser Reihe:

Das Geheimnis um Lakeside

Turnierträume

Spuren im Wald

Der große Tag

Rätsel um Princess

Die goldenen Schlüssel

Ein Fohlen für Mia

HORSE CLUB™

Das verschollene Pferd

von Emma Walden

Das ist AMEET-Qualität

Bevor wir ein Buchprogramm planen und die einzelnen Bücher entwickeln, besuchen wir unsere kleinen Leser und ihre Eltern zu Hause.

Wir wollen wissen, was Kinder lieben, was sie cool finden, was sie erwarten, wenn sie ein Lese- oder Rätselbuch in den Händen halten. Denn unser Verlag hat sich auf die Fahnen geschrieben, der Verlag zu sein, der am besten weiß, was Kinder wollen.

Die Quelle unserer Erkenntnisse bezüglich Lesererwartungen und ihrer Vorlieben sind professionelle Interviews, die wir regelmäßig mit Kindern und ihren Eltern durchführen. Die Ergebnisse fließen direkt in die Konzeptionierung unserer Buchreihen und Einzeltitel ein.

Das garantieren wir Ihnen:

- Bücher, mit Kindern entwickelt
- Bücher, von Eltern getestet
- Bücher, die Kinder cool finden und gleichzeitig Elternbedürfnisse erfüllen

Wir möchten für Sie immer besser werden:

Sollten wir mit diesem Buch Ihre Erwartungen nicht erfüllen, lassen Sie es uns bitte wissen! Wir freuen uns auf Ihre Kritik und Ihr Lob! Nehmen Sie einfach Kontakt zu uns auf und schreiben Sie uns, gern auch per E-Mail an ameet@ameet.de.

Ihr
AMEET VERLAG
Destouchesstraße 68
80796 München

Produziert von AMEET Sp. z o.o.,
lizenziert durch die Schleich GmbH.

AMEET Verlag GmbH
Destouchesstraße 68
80796 München
Deutschland
www.ameet.de

Please keep the AMEET Verlag address for future reference.
AMEET Verlag Adresse bitte aufbewahren (Herstellerangabe).

Titel der englischen Originalausgabe: The Missing Horse
Text: Emma Walden
Übersetzung: Doris Attwood
Umschlag und Innenillustrationen: AMEET Studio
Lektorat: Silke Kords

ISBN 978-3-96080-362-1

Inhalt

Kleine Planänderung

Es war ein wunderschöner Sommertag in Lakeside. Die Horse Club-Mädchen erholten sich von einer tollen Reitstunde mit Hannahs Vater, Oliver Kramer, während ihre Pferde entspannt auf der Koppel grasten.

»Ihr habt die Acht wirklich super geritten«, lobte Sarah Sofia. »Blossom sah aus wie ein Profi!«

Sofia lächelte und warf ihrer prachtvollen weißen Andalusier-Stute einen liebevollen Blick zu. »Danke«, erwiderte sie. »Der Reitunterricht macht zusammen mit euch viel mehr

Spaß, außer wenn Hannah und Cayenne direkt auf uns zustürmen.«

Lisa und Sarah mussten darüber lachen, aber Hannah rief: »Wir haben kilometerweit von euch entfernt rechtzeitig abgedreht.« Dann grinste sie und fügte hinzu: »Cayenne und ich können einem wilden Galopp eben nie widerstehen – schließlich ist er ein Westernpferd.«

»Ist es nicht wunderbar, dass unsere Pferde so gut zu uns passen?«, fragte Sarah. »Cayenne ist genauso wild und temperamentvoll wie du, Hannah. Und Lisa und Storm sind beide richtig talentierte und ehrgeizige Springer.«

»Du hast recht«, stimmte Lisa ihr zu und betrachtete ihren glänzenden schwarzen Wallach voller Stolz. »Und Blossom liebt es genauso sehr wie du, Sofia, wenn du viel Zeit mit ihr verbringst und sie ausführlich putzt und striegelst.«

»Stimmt«, sagte Sofia. »Blossoms lange Mähne muss eben gut gepflegt werden, damit sie so wunderbar weiß bleibt.«

»Und Sarah und Mystery haben immer den richtigen Riecher und folgen stets ihrem Herzen«, ergänzte Hannah.

Sarah strahlte ihre geliebte Palomino-Stute an. »Wisst ihr noch, wie sie damals plötzlich umgedreht und zum Café galoppiert ist?«, fragte sie. »Sie schien zu wissen, dass Vanilla dort war und Hilfe mit ihren neugeborenen Kätzchen brauchte.«

»O ja!«, rief Sofia aus. »Die Kätzchen waren so süß – und dank Mystery alle gesund.«

»Bloß gut, dass wir den Horse Club gegründet haben«, sagte Hannah.

»Psst!«, zischte Lisa und blickte sich gespielt dramatisch um. »Es könnte dich jemand hören. Der Horse Club ist ein Geheimnis, schon vergessen?«

Hannah lachte und warf ihr langes rotes Haar über ihre Schulter. »Keine Sorge, es ist niemand hier«, sagte sie.

»Das Beste am Horse Club ist,

dass wir anderen helfen, wann immer wir können«, fügte Sarah hinzu.

»Das finde ich auch«, stimmte Sofia ihr zu.

»Okay, jetzt aber wirklich psst!«, zischte Lisa erneut und zeigte zum Haus der Familie Kramer hinüber, das früher einmal eine Scheune gewesen war. Hannahs Mutter kam in ihrer Tierarztkleidung über den Hof. »Hallo, Mädels!«, rief sie ihnen fröhlich zu.

»Hallo!«, riefen die Horse Club-Mädchen wie aus einem Mund zurück.

»Ich muss zur Arbeit, ein paar Hausbesuche machen«, erklärte Caro ihnen und gestikulierte in Richtung ihres Autos, in dem sich eine mobile Tierarztpraxis befand. »Ich wollte euch fragen, ob ihr mir einen Gefallen tun könnt.«

»Natürlich«, erwiderte Sarah freudig.

»Ich habe die ganze Zeit versucht, im *Cups and Saddles* Reiter-Café anzurufen«, sagte sie.

»Aber es geht niemand ran. Emily arbeitet heute dort und ich muss ihr dringend etwas mitteilen.«

»Kein Problem«, versicherte Hannah. »Wir können gleich mal hinreiten.«

Ihre Mutter lächelte. »Ich hatte gehofft, dass ihr das sagt. Vielen Dank. Ich muss in die

andere Richtung zu einem Notfall und darf keine Zeit verlieren.«

»Was sollen wir ihr denn ausrichten?«, wollte Sarah wissen.

»Ihr wisst doch, dass Emily angeboten hat, unseren neuen Gastpferdeservice zu übernehmen. Die Besitzer können ihre Pferde in

Lakeside unterstellen, während sie im Urlaub sind.«

»Ja«, antwortete Lisa. »Sie hat uns letzte Woche davon erzählt, als wir zusammen den Hof gekehrt haben.«

»Nun, heute treffen die ersten Gastpferde ein«, fuhr Caro fort. »Aber es gibt eine kleine Planänderung. Drei der Pferde treffen schon um zwei Uhr am Nachmittag ein, nicht erst um vier. Dein Vater könnte die beiden anderen Pferde in Empfang nehmen, die ohnehin für zwei Uhr angekündigt waren. Aber danach hat er einen Termin im Dorf und keine Zeit, sich auch noch um die anderen drei zu kümmern.«

»Kein Problem, wir reiten sofort los«, versicherte Lisa und ihre Freundinnen nickten zustimmend.

»Tausend Dank!«, rief Hannahs Mutter ihnen über ihre Schulter hinweg zu und ging zu ihrem Wagen. »Bis später!«

Die Horse Club-Mädchen sattelten schnell ihre Pferde und schnappten sich ihre Reithelme. Kurz darauf saßen sie auf und trotteten den Reitweg hinunter, der durch Lakeside führte. Wie gewöhnlich ritten Hannah und Lisa nebeneinander voraus. Sie liebten es vorneweg zu reiten, wie ihre Pferde auch. Sarah und Sofia folgten ein Stück hinter ihnen. Nach einer Weile wurde Cayennes Trab ein wenig schneller und auch Storm legte an Tempo zu.

»Wer zuerst im Peppertree Wald ist!«, forderte Hannah Lisa heraus und trieb Cayenne an. Bevor Lisa überhaupt reagieren konnte, galoppierte Cayenne auch schon davon und wirbelte eine mächtige Staubwolke auf.

»Hey, das ist nicht fair! Du hast nicht ›los!‹ gesagt«, schrie Lisa.

Sarah und Sofia tauschten einen Blick und lachten. »Das ist mal wieder typisch für die beiden«, sagte Sarah.

»Stimmt. Aber ich trotte lieber gemütlich weiter«, fügte Sofia hinzu.

Als sie am Rand des Peppertree Walds zu den beiden anderen aufschlossen, wartete jedoch eine Überraschung auf sie: Tori Michaels empfing sie auf ihrer hübschen schwarzen Stute Princess. Beide sahen wie immer perfekt aus. Tori trug ein Karohemd und eine schicke Reithose und Princess' Mähne und Sattel glänzten makellos.

»Ich war wirklich überrascht, als du beim Springreitturnier in Oak Valley nur Dritte geworden bist, Lisa«, gab Tori eine ihrer üblichen spitzen Bemerkungen von sich. »Die

Neue, Alice, ist direkt an dir vorbei an die Tabellenspitze gerauscht!«

»An dir ist sie aber auch vorbeigerauscht!«, gab Lisa frustriert zurück. »Du stehst nur noch auf Platz zwei, schon vergessen?«

»Ja, aber nicht mehr lange«, erwiderte Tori eingeschnappt. »Ich trainiere gleich auf dem Springparcours. Im Gegensatz zu dir nehme ich meinen Sport sehr ernst. Ich habe keine Zeit für nette kleine Ausritte durch den Wald.«

Bevor Lisa etwas entgegnen konnte, trieb Tori Princess an und trottete mit ihr davon. Ihr perfekter Pferdeschwanz hüpfte dabei im

Rhythmus von Princess' Hufschlägen hin und her.

»Oh, sie geht mir mit ihren ständigen Sticheleien wirklich auf die Nerven«, grummelte Lisa.

»Wovon hat sie denn eigentlich gesprochen?«, wollte Sarah wissen, während die Horse Club-Mädchen gemeinsam in den Wald ritten.

Lisa seufzte tief. »Ihr wisst ja, dass sich beim Turnier nächsten Samstag entscheidet, wer die Meisterschaft gewinnt«, antwortete Lisa.

Ihre drei Freundinnen mussten lachen. »Ja, das ist uns bekannt«, erwiderte Hannah.

»Du sprichst seit Wochen von nichts anderem«, fügte Sofia hinzu.

Lisa musste ebenfalls grinsen. »Stimmt. Wie dem auch sei, im Augenblick liegt meine Freundin Alice ziemlich weit in Führung. Tori ist Zweite und ich Dritte. Aber ich werde trotzdem noch gewinnen.«

»Es geht nicht immer nur ums Gewinnen«, bemerkte Sarah.

Lisa schaute sie verdutzt an. »Ich habe keine Ahnung, was du damit meinst«, scherzte sie. »Aber so ungern ich es auch zugebe: Tori hat recht. Ich habe wirklich keine Zeit für nette Ausritte durch den Wald.«

»Oh! Aber du willst doch jetzt nicht zurück nach Lakeside, oder?«, rief Sofia aus. »Es macht viel mehr Spaß, wenn wir alle zusammen sind.«

»Natürlich nicht«, versicherte Lisa. »Aber wir müssen diesen Ausritt in eine Trainingsstunde verwandeln. Kommt, wir springen unterwegs über ein paar Baumstämme!« Und damit galoppierte sie wieder davon, dicht gefolgt von Hannah und Cayenne.

Sofia und Sarah ließen sich Zeit und ritten hinterher. »Also ich bewundere Lisas Ehrgeiz. Diese Wettkämpfe wären nichts für mich. Viel zu stressig. Da reite ich lieber mit Blossom frei wie es mir gefällt«, sagte Sofia.

»Ja, ich verstehe, was du meinst«, antwortete Sarah. »Für manche ist Gewinnen eben sehr wichtig. Aber jetzt lass uns auch ein bisschen Spaß haben und die anderen beiden einholen. Wir können doch nicht zulassen, dass sie uns abhängen«.

»Auf gar keinen Fall!«, lachte Sofia und die beiden preschten los.

Traurige Nachricht von Alice

Als die Horse Club-Freundinnen das *Cups and Saddles* erreichten, banden sie ihre Pferde mit Emilys hübschen neuen Halftern im Pferdesalon an der Seite des Cafés an, wo sie zufrieden das Heu aus den Netzen futterten. »Das *Cups and Saddles* ist der perfekte Ort für Reiter und Pferde«, sagte Sofia. Seit Tom die Stühle draußen in leuchtenden Farben gestrichen hatte, wirkte das Café sogar noch einladender.

Drinnen wimmelte es von angeregt plaudernden und lachenden Gästen, die sich ihren morgendlichen Kaffee schmecken ließen. Auf

Café

einer großen Schiefertafel an der Wand war zu lesen, welche der leckeren Kuchen und Muffins heute zur Auswahl standen.

»Mmm!«, sagte Hannah und atmete tief ein. Im Café duftete es köstlich nach dampfendem Kaffee und frischem Gebäck.

Dann entdeckte Sarah Emily und winkte ihr zu. Sie hastete mit hochrotem Kopf zwischen den Tischen hin und her und wirkte ein wenig gestresst.

»Oh, hallo, Mädels!«, rief sie ihnen zu. »Ich bin gleich bei euch.«

»Keine Eile«, erwiderte Hannah und die vier setzten sich auf die einzigen freien Plätze an die Theke. Ein paar Minuten später schlängelte sich Emily geschickt mit einem riesigen Stapel aus Tassen und Tellern zwischen den Tischen hindurch und stellte sie vorsichtig im Spülbecken ab. »Also, was darf's sein?«, fragte sie.

»Eigentlich sind wir nur hier, weil wir eine Nachricht von meiner Mutter für dich haben«, erwiderte Hannah.

»Aber ein Blaubeer-Bananen-Smoothie wäre toll«, fügte Lisa mit einem Zwinkern hinzu.

»Gerne«, sagte Emily. »Ich muss nur noch schnell ein paar andere Bestellungen servieren und im Keller frische Milch holen.« Sie stellte mehrere Teller nebeneinander auf die Theke und platzierte Muffins und anderes köstlich aussehendes Gebäck darauf.

Den Mädchen lief förmlich das Wasser im Munde zusammen.

»Also, was wolltet ihr mir sagen?«, fragte Emily.

»Ach ja!« Hannah lachte und konnte die Augen nur mit Mühe wieder von den Muffins abwenden. »Meine Mutter lässt dir ausrichten, dass die drei Gastpferde schon um zwei Uhr eintreffen und nicht erst um vier.«

Emily starrte sie mit heruntergeklappter Kinnlade an.

»Was? Das ist doch okay, oder?«, fragte Sarah besorgt.

»Nein!«, stieß Emily aus. »Sie können nicht alle auf einmal kommen! Ich muss mit den Fahrern sprechen, die sie abliefern, die Unterlagen überprüfen, die Pferde ausladen und in den Stall bringen ...«

»Entschuldigung!«, rief ein Mann von einem der Tische, während zwei weitere Frauen das Café betraten.

»Ich muss wieder an die Arbeit«, rief Emily und eilte davon. »Hier ist so viel los und ich bin heute Morgen ganz allein.«

»Ich glaube, sie braucht Hilfe«, sagte Sofia und ihre blauen Augen leuchteten.

»Ja, das ist ein Fall für den Horse Club!«, flüsterte Sarah lächelnd.

Und damit schritten die Mädchen zu Emilys großer Freude sofort zur Tat. Sie räumten Tische ab, nahmen Bestellungen auf, holten Milch aus dem Kühlschrank im Keller und verteilten Muffins und andere Leckereien auf die Teller. Emily konnte sich dank ihrer Hilfe ganz auf die Zubereitung der Heißgetränke und Smoothies konzentrieren.

Schon kurz darauf waren sämtliche Bestellungen an den Tischen und Emily hatte wieder ihr übliches Lächeln im Gesicht.

»Das macht solchen Spaß!«, freute sich Sofia. »Ich wollte schon immer in einem Café arbeiten.«

»Ihr wart fantastisch!«, bedankte sich Emily und strahlte über das ganze Gesicht. »Ich weiß wirklich nicht, wie ich das ohne euch geschafft hätte.«

Eine halbe Stunde später hatte sich der morgendliche Trubel gelegt. Die vier Freundinnen wischten die leeren Tische ab und verabschiedeten die letzten Gäste. Bis auf zwei ältere Damen am Fenster waren sie nun ganz allein.

»Eure Getränke gehen jetzt natürlich aufs Haus«, verkündete Emily, stellte den letzten Teller in die Spülmaschine und schaltete sie ein. »Vielen Dank, Mädels!«

»Kein Problem«, erwiderte Hannah fröhlich. »Wir helfen gerne, schließlich sind wir – au!« Sie funkelte Lisa an, die ihr einen Tritt gegen den Knöchel verpasst hatte, um zu verhindern, dass sie ihr Horse Club-Geheimnis verriet.

»Schließlich sind wir hilfsbereit«, beendete Sofia den Satz schnell, da Emily sie bereits verwundert anschaute.

Die Mädchen beschlossen, den »Smoothie des Tages« zu probieren: Orange-Maracuja. Er klang köstlich und stand normalerweise

nicht auf der Karte. »Gute Wahl! Den habe ich mir selbst ausgedacht«, sagte Emily, pürierte die Früchte im Mixer und schenkte anschließend vier Gläser ein.

»Mmm, riecht wirklich lecker!«, freute sich Sofia. »Danke, Emily.«

»Und er schmeckt sogar noch besser«, fügte Lisa hinzu, nachdem sie ihren Smoothie mit einem riesigen Schluck halb ausgetrunken hatte. Als ihre Freundinnen sie nur verblüfft anstarrten, sagte sie: »Was denn? Seht mich nicht so komisch an. Kellnern macht nun mal durstig.«

»Hättet ihr gerne einen Muffin dazu?«, fragte Emily.

»Danke, aber ehrlich gesagt könnte ich was zum Mittagessen vertragen«, antwortete Hannah und blickte zu den frisch belegten Brötchen auf der Theke hinüber. »Ich weiß, dass es noch ziemlich früh ist, aber ich habe heute schon um sechs Uhr gefrühstückt.«

»Ich auch!«, stimmte Lisa ihr zu. »Und diese Brötchen da sehen wirklich lecker aus.«

Die Horse Club-Mädchen entschieden sich jeweils für ein Käsebrötchen mit Salat – alle außer Hannah, die immer gerne etwas Neues ausprobierte und sich an Emilys Eigenkreation mit Schinken und geriebenem Apfel wagte. Dann gingen sie mit ihren Getränken und Tellern zu ihrem Lieblingstisch hinüber. Sie hatten sich gerade den ersten Bissen schmecken lassen, als Lisas Freundin Alice zur Tür hereinstürmte, einen Stapel Papier auf dem Arm. Sarah blickte sie stirnrunzelnd an. Sie erkannte sofort, dass irgendetwas nicht stimmte.

»Oh! Hi, Alice!«, rief Lisa und winkte ihr zu. Alice kam zu ihnen an den Tisch und Lisa stellte sie vor. »Das ist Alice, von der ich euch erzählt habe. Sie und Queenie stehen kurz davor, dieses Jahr in Oak Valley die Meisterschaft zu gewinnen – falls Storm und ich sie nicht doch noch aufhalten können!«

Anstatt darüber zu lachen, wie die Freundinnen es erwartet hatten, brach Alice jedoch in Tränen aus.

»Queenie ist verschwunden!«, schluchzte sie.

»Was?«, fragte Sofia erschrocken.

»O mein Gott! Das ist ja schrecklich«, rief Sarah aus

und nahm Alice in den Arm, obwohl sie sie eben erst kennengelernt hatte.

Hannah zog rasch einen Stuhl vom Nebentisch heran, damit Alice sich setzen konnte. »Was um Himmels willen ist denn passiert?«, fragte Lisa schockiert.

»Sie ... sie war gestern Morgen nicht in ihrem Stall«, stotterte Alice. »Als ich kam, stand

die Tür sperrangelweit offen. Das ist alles meine Schuld. Der Riegel ist schon länger kaputt. Mein Vater wollte ihn reparieren. Aber ich hätte ihm sagen müssen, dass es wirklich dringend ist.«

»Nein, es ist nicht deine Schuld. Es ist einfach passiert«, erwiderte Sarah sanft.

»Ich hätte nie gedacht, dass Queenie den Riegel allein öffnen kann.

Aber offensichtlich habe ich mich geirrt.« Alice brach erneut in Tränen aus und Lisa und Sarah schlangen die Arme um sie.

»Sie kann noch nicht weit sein«, versuchte Hannah, sie zu trösten.

»Wir haben schon einen Suchtrupp zusammengestellt und im Umkreis von mehreren Kilometern alles abgesucht!«, schniefte Alice.

Sofia und Sarah tauschten einen Blick. Das klang gar nicht gut.

»Es ist furchtbar, nicht zu wissen, wo sie ist«, schniefte Alice. »Sie könnte sich verletzen. Und was ist, wenn sie nirgends Wasser findet? Ganz bestimmt hat sie schreckliche Angst.«

»Arme Queenie«, sagte Sofia.

»Wenn so etwas mit Storm passieren würde, wäre ich ganz krank vor Sorge«, sagte Lisa.

Einen Moment lang sah es so aus, als würden die Horse Club-Mädchen ebenfalls in Tränen ausbrechen. Doch Hannah riss sich

zusammen und fragte: »Wie können wir dir helfen?«

»Oh«, schniefte Alice. »Es wäre wirklich toll, wenn ihr euch in Lakeside umschauen könntet. Vielleicht verirrt sie sich ja in den Peppertree Wald. Wir bitten auch alle Bauernhöfe und Reitställe in der Gegend, die Augen offen zu halten. Und wir hängen überall dieses Plakat auf.«

»Wir könnten auch welche nach Lakeside mitnehmen«, bot Lisa an.

»Danke«, sagte Alice.

»Würde es helfen, wenn wir auch ein paar davon im Dorf aufhängen?«, fragte Sarah.

»Das wäre großartig«, antwortete Alice und brachte ein flüchtiges Lächeln zustande. »Wir haben noch längst nicht alles geschafft. In der Gegend zwischen Hazelwood und dem Peppertree Wald waren wir noch gar nicht ...«

»Kein Problem, wir kümmern uns sofort darum«, versicherte Sofia ihr. »Und hier im Café hängen wir auch ein paar auf.«

»Danke«, sagte Alice leise und schien erneut den Tränen nahe.

»Und halte uns auf dem Laufenden«, bat Hannah.

»Du wirst sie sicher bald finden. Nur nicht den Mut verlieren!«, fügte Sarah hinzu und lächelte Alice aufmunternd an.

»Hoffentlich«, seufzte Alice und erhob sich. Die Horse Club-Mädchen standen ebenfalls auf und Sarah drückte Alice noch einmal ganz fest an sich. Als sie durch die Tür verschwunden war, ließen sich die vier schockiert wieder auf ihre Stühle fallen. »Wie schrecklich!«, stieß Lisa aus. »Stellt euch nur mal vor, es wäre euer

Pferd! Wir müssen Queenie finden. Das müssen wir einfach!«

»Unbedingt«, pflichtete Hannah ihr bei und biss kräftig von ihrem Brötchen ab. »Was denn?«, fragte sie, als ihre Freundinnen sie verdutzt anstarrten. »Wir können schließlich nicht gleichzeitig reiten und essen.«

»Du hast recht«, stimmte Lisa ihr zu. »Lasst uns schnell aufessen, damit wir uns gleich frisch gestärkt auf die Suche nach Queenie machen können«.

»Ja, je eher wir sie finden, desto eher kann Alice wieder lachen!«, bemerkte Sofia.

»Und wer wäre für so eine Suche besser geeignet als wir!«, warf Sarah ein. Die anderen Mädchen nickten. Also schlangen sie hastig ihre Brötchen hinunter und tranken ihre Smoothies aus. Sie ließen ein paar der Plakate da und baten Emily, sie im Café aufzuhängen. Dann eilten sie zu ihren Pferden hinaus und hatten das sichere Gefühl, dass dem Horse Club seine bislang wichtigste Aufgabe bevorstand.

Sofia hat eine Vermutung

Die Horse Club-Mädchen ritten nach Hazelwood. Im Dorf hängten sie mehrere Plakate auf und erzählten allen Freunden und Nachbarn, die ihnen unterwegs begegneten, dass Queenie vermisst wurde. Alle versicherten ihnen besorgt, dass sie die Augen offen halten würden. Schließlich hängten sie das letzte Plakat an einen Telefonmast vor dem Mountainbike-Laden und wollten gerade wieder in den Peppertree Wald zurückreiten, als sie Tom entdeckten, Emilys älteren Bruder. Er war auf seinem gescheckten Wallach Pino unterwegs.

Tom arbeitete genau wie Emily im *Cups and Saddles* Reiter-Café und in Lakeside.

»Hi, Tom!«, riefen die Mädchen. Er winkte ihnen zu und trottete auf Pino zu ihnen.

»Hi, Mädels! Ihr wollt wahrscheinlich ein Autogramm von mir, oder? Jetzt, da ich eine örtliche Berühmtheit bin«, scherzte er.

Hannah verzog die Nase. »Was?«

Lisa grinste. »Ich glaube, Tom will damit sagen, dass man ihn gebeten hat, beim Springreitturnier in Oak Valley eine Dressur vorzuführen und den Ansager zu machen. Wir haben aber auch wirklich ein Glück – schließlich können wir ziemlich sicher behaupten, dass wir dich schon kannten, bevor du berühmt warst.«

Sarah und Sofia lachten und Hannah fügte gewohnt schlagfertig hinzu: »Plustere dich mal lieber nicht so auf, sonst passt dir dein Reithelm nicht mehr, wenn du deine Showeinlage reitest.«

»Haha«, lachte Tom, setzte dann jedoch eine ernste Miene auf. »Aber eigentlich suche ich gerade nach Queenie, Alice Evans' Pferd.«

»Wir haben Alice eben im Café getroffen«, sagte Sofia.

»Es ist wirklich furchtbar, die arme Alice«, fügte Sarah hinzu. »Wir hängen Plakate für sie auf und erzählen allen von Queenie, die uns begegnen.«

»Ja, das ganze Dorf spricht schon darüber. Alle versuchen zu helfen«, erwiderte Tom. »Ich finde es ehrlich gesagt seltsam, dass noch niemand Queenie gesehen hat. Sie kann schließlich noch nicht weit gekommen sein. Vor allem, weil wirklich alle sehr hilfsbereit sind und nach ihr Ausschau halten.«

»Alle bis auf einen, wette ich!«, schnaubte Hannah wütend. Cayenne schien sie zu verstehen und tat es ihr nach.

»Du meinst bestimmt Mr Michaels, oder?«, fragte Tom. »Als Alice' Vater ihn angerufen hat, hat er gesagt, seine Angestellten seien viel zu beschäftigt, um nach einem vermissten Pferd zu suchen. Er will uns auch nicht erlauben, uns auf seinem Grundstück nach ihr umzuschauen. Ihr wisst ja, wie er ist. Er lässt niemanden auf sein Land.«

»Typisch!«, rief Lisa erbost.

»Gib uns Bescheid, wenn du was von Queenie hörst, ja?«, bat Sarah.

»Ja, bitte«, fügte Sofia hinzu. »Wir müssen Emily jetzt mit ihren Gastpferden helfen. Morgen suchen wir dann auch weiter nach Queenie, falls sie bis dahin nicht längst gefunden wurde.«

»Hoffentlich taucht sie bald wieder auf«, sagte Sarah und streichelte Mysterys wunderschöne flachsblonde Mähne.

»Ja, hoffentlich«, stimmte Tom ihr zu. »Ich melde mich bei euch, sobald ich etwas höre, versprochen.«

Dann verlagerte Tom sein Gewicht auf dem Sattel und zog kaum merklich an den Zügeln. Pino begann auf der Stelle zu trotten und hob in perfektem Einklang erst ein Paar Hufe, dann das andere.

»Alter Angeber!«, sagte Hannah.

»Ich biete euch nur einen kleinen Vorgeschmack auf meine Dressureinlage!«, erwiderte Tom grinsend. Dann ritt er auf Pino davon und winkte ihnen zum Abschied zu. Auch die Mädchen winkten – alle außer Sofia. Sie hatte einen nachdenklichen Ausdruck in den Augen und murmelte leise: »Was, wenn …«

»Ja?«, fragte Lisa.

»Na ja, ich habe nur gerade gedacht …« Sie verstummte wieder und wirkte ein wenig nervös. Dann holte sie tief Luft und fügte hinzu: »Ich sage das ja nicht gerne, aber … Lisa, Alice steht vor dir und Tori Michaels an der Tabellenspitze, richtig?«

»Ja …«, antwortete Lisa. »Wobei ich immer noch vorhabe zu gewinnen!«

»Das letzte, alles entscheidende Springreiten steht kurz bevor«, fuhr Sofia fort. »Und wir wissen schließlich alle, wie Mr Michaels ist ...«

»Ja, hinterlistig und gemein«, unterbrach Hannah sie.

Sofia nickte. »Na ja, er würde jedenfalls alles tun, damit seine geliebte Tochter Tori bekommt, was sie will. Und im Moment will sie in Oak Valley die Meisterschaft gewinnen ...«

»Was genau willst du uns damit sagen, Sofia?«, fragte Hannah verwirrt.

Auch Lisa hatte einen verdutzten Ausdruck im Gesicht.

Nur Sarah verstand ihre Freundin sofort. »Du willst damit sagen: Was, wenn Mr Michaels Queenie gestohlen hat, damit Alice nicht am Finale der Meisterschaft teilnehmen kann?«

»Was? Er soll ein Pferd gestohlen haben?«, stieß Hannah schockiert aus.

Sofia nickte. »Vielleicht geht ja auch nur meine Fantasie mit mir durch. Nicht mal Mr Michaels würde etwas so Schreckliches tun, oder?«

»Na ja, ehrlich gesagt würde ich ihm das durchaus zutrauen«, erwiderte Sarah. »Schließlich hat er auch schon versucht, heimlich den Peppertree Wald an ein Bauunternehmen zu verkaufen. Und als Mystery noch bei ihm im Stall stand, hat er sie wirklich schlecht behandelt.«

»Ich sage das nicht gerne, aber ich glaube, er könnte tatsächlich hinter dieser Sache stecken«, stimmte Hannah ihr zu.

Lisa sagte kein Wort und wirkte mit einem Mal richtig verstört. »Ich weiß, dass das furchtbar egoistisch klingt«, brachte sie schließlich hervor, »aber was, wenn ich an der Tabellenspitze stehen würde? Wäre dann nicht Queenie verschwunden, sondern Storm?«

»Das ist nicht egoistisch. Es ist doch klar, dass du dir Sorgen machst«, tröstete Hannah sie.

»Außerdem wissen wir ja auch noch gar nicht, ob Queenie wirklich etwas Schlimmes zugestoßen ist«, fügte Sarah hinzu. »Allerdings habe ich kein besonders gutes Gefühl«, gab sie zu. »Irgendetwas stimmt hier nicht ...«

»Wir müssen der Sache nachgehen«, schlug Hannah beherzt vor.

»Aber Mr Michaels lässt niemanden auf sein Grundstück, schon vergessen?«, fragte Sofia. »Noch nicht einmal den Suchtrupp.«

»Was ebenfalls ziemlich verdächtig ist«, bemerkte Lisa.

Hannahs grüne Augen funkelten wild entschlossen. »Wir suchen sein Grundstück selbst ab«, verkündete sie. »Wir müssen nur dafür sorgen, dass er uns nicht entdeckt.«

»Das können wir nicht!«, rief Sofia erschrocken.

»Doch, das können wir. Ich bin dabei!«, rief Lisa und streichelte Storms Hals.

»Ich bin mir nicht sicher, ob das eine gute Idee ist«, gab Sarah zu bedenken. »Was, wenn wir erwischt werden? Dann kriegen wir Riesenärger. Aber ... für Queenie mache ich mit!«

Die drei anderen schauten Sofia an. »Na gut, für Queenie. Aber wir sind so schnell wir können wieder weg«, lenkte sie zögerlich ein.

»Dann ist es abgemacht«, freute sich Hannah. »Die Operation ›Ermittlungen gegen Mr Michaels‹ läuft.« Sie warf einen Blick auf ihre Uhr. »Aber es ist schon fast zwei. Wir müssen zurück und Emily helfen.«

»Du hast recht«, sagte Lisa. »Nichts wie los!«

Die vier Freundinnen wendeten ihre Pferde, verfielen in einen flotten Trab und ritten zurück Richtung Peppertree Wald.

Ankunft der Pferde

Die Horse Club-Mädchen kamen kurz vor zwei wieder in Lakeside an. Sie sattelten schnell ihre Pferde ab und führten sie auf die Koppel, damit sie sich ausruhen und etwas trinken konnten. Sättel und Zaumzeug hängten sie über den Zaun, um Zeit zu sparen. Dann eilten sie zur Hofauffahrt. Emily wies dort gerade einen großen Pferdetransporter ein, während sie gleichzeitig mit einem Klemmbrett und ihrem Handy jonglierte.

Der Motor des Transporters erstarb und ein fröhlich aussehender Mann stieg aus dem

Fahrerhaus und kam zu ihnen. Kurz darauf fuhr ein zweiter Pferdeanhänger auf den Hof, während die Mädchen Emily noch mit den Pferden aus dem Transporter halfen. Zuerst trottete eine wunderschöne weiße Holsteiner-Stute mit grauer Mähne und grauem Schweif heraus.

»Es sind lauter Stuten«, erklärte Emily.

Als Nächstes kam eine gepunktete Appaloosa-Stute aus dem Fahrzeug. »Oh, wie schön! Ihr braunes Fell geht an den Hinterbeinen in Weiß über«, rief Hannah begeistert.

Dann folgte ein prachtvolles Connemara-Pony mit gescheckten Fell, dessen Mähne und Schweif schwarz glänzten. »Willkommen in Lakeside«, begrüßte Sarah das Pony und nahm seinen Führstrick.

Während der Mann aus dem Transporter das Zubehör für die Pferde auslud, half Emily dem zweiten Mann mit dem Anhänger, die beiden anderen Tiere auszuladen. »Könnten

Sie sie kurz festhalten, während ich umparke?«, bat er sie. »Ich glaube, ich blockiere die Einfahrt.«

Emily runzelte die Stirn. »Ist mir gar nicht aufgefallen«, erwiderte sie. Während der Fahrer die Rampe wieder in den Anhänger schob und in seinen Jeep stieg, kam der Mann aus dem Pferdetransporter zu ihr. »Hier sind die Unterlagen«, sagte er. »Ich habe alles unterschrieben. Die Notfall- und Telefonnummern des Tierarztes habe ich Ihnen ebenfalls aufgeschrieben.«

»Vielen Dank«, sagte Emily, nahm ihm die Papiere ab und klemmte sie an ihr Klemmbrett. »Ich wünsche Ihnen einen schönen Urlaub.«

»Danke«, erwiderte der Mann. »Rufen Sie bitte jederzeit an, falls irgendetwas sein sollte.«

»Danke, das werde ich«, versicherte Emily.

Der Mann nickte lächelnd, kehrte dann zu seinem Pferdetransporter zurück und schob die Rampe wieder hinein. »Tschüss, Mädels!«, rief er seinen drei Stuten zu, bevor er in den Wagen stieg und vom Hof fuhr.

»Sehr gut«, sagte Emily. Sie reichte Lisa die Führstricke der beiden Pferde aus dem Anhänger. »Wenn ihr einen kurzen Moment hier wartet, regle ich kurz alles mit dem anderen Besitzer ...«

Doch als sie sich wieder zu dem Anhänger umdrehte, fuhr er bereits hinter dem Pferdetransporter vom Hof. Die fünf blickten ihm ungläubig hinterher. »Hey, warten Sie!«, rief Emily, aber der Fahrer hielt trotzdem nicht an und war schon bald durch das Tor verschwunden. Sie starrte die Horse Club-Mädchen schockiert an. »Er hat mir die Unterlagen nicht gegeben – und bezahlt hat er auch nicht. Er hat sich ja noch nicht mal von seinen Pferden verabschiedet.«

»Vielleicht wäre ihm der Abschied sonst noch schwerer gefallen?«, vermutete Sarah.

Emily zuckte mit den Schultern. »Vielleicht. Ich rufe ihn einfach an und bitte ihn, mir die Unterlagen per Post oder E-Mail zuzusenden. Gut, dann wollen wir mal dafür sorgen, dass sich diese wunderschönen Damen bei uns wohlfühlen.«

Lisa behielt den Führstrick der braunen Vollblutstute in der Hand und reichte Emily den des schwarzen Pferdes. Gemeinsam gingen sie zum Stall und versorgten die neuen Pferde mit Heu und Wasser. Emily warf einen Blick auf ihr Klemmbrett. »Okay, die drei aus dem Transporter heißen Saskia, Suki und Sydney«, las sie vor. »Und diese beiden Schönheiten sind

Lady – das ist die braune Vollblutstute – und Cassie. Ich würde sagen, sie ist ein Trakehner.«

»Die weißen Stiefel an ihren Hinterbeinen sind so hübsch!«, fand Sofia. »Ich kann es gar nicht abwarten, sie zu zeichnen.«

»Ja, aber die anderen vier sind genauso hübsch«, stimmte Sarah ihr zu.

»Und wir helfen dir natürlich jederzeit gerne, wenn du magst«, fügte Hannah hinzu.

»Vielen Dank«, freute sich Emily. »Das wäre toll. Aber jetzt sollte ich lieber schnell den Besitzer der beiden anrufen ...« Sie warf einen Blick auf ihr Klemmbrett. »Mr Leyton.« Emily wählte die Nummer, während die Horse Club-Mädchen beschlossen, sich selbst etwas zu trinken zu holen. »Die Telefonnummer existiert gar nicht!«, rief Emily dann jedoch aus. »Die Leitung ist tot! Und ich bin mir sicher, dass ich die Nummer richtig eingegeben habe.«

»Vielleicht hast du sie dir falsch notiert?«, vermutete Hannah.

»Ja, das kann schnell mal passieren«, stimmte Sofia ihr zu.

Sarah runzelte die Stirn. »Aber irgendwie ist das doch eigenartig, findet ihr nicht?«, murmelte sie fragend.

»Mr Leyton hat mir überhaupt keine Informationen zu den Pferden hinterlassen und bezahlt hat er auch nicht!«, rief Emily erschrocken. »Oh, die Kramers werden so wütend auf mich sein.«

»Meine Eltern werden das bestimmt verstehen«, versuchte Hannah, sie zu trösten, obwohl sie sich da selbst nicht so sicher war. Die Unterlagen waren für die Versicherung unerlässlich – und darüber, dass der Mann nicht bezahlt hatte, würde ihr Vater ganz bestimmt nicht glücklich sein.

»Es wird bestimmt alles gut«, versuchte es auch Lisa. »Er wird dich sicher bald anrufen und sich erkundigen, wie es seinen Pferden geht. Dann kannst du ihn nach sämtlichen Einzelheiten fragen und die Sache mit der Bezahlung klären.«

»Ja«, erwiderte Emily und wirkte ein wenig beruhigt. »Wahrscheinlich hast du recht. Das wird schon alles.«

Sarah lächelte. »Genau. Wir holen uns nur schnell was zu trinken. Dann können wir dir helfen, die Pferdeäpfel auf der Koppel aufzusammeln. Unsere Gäste freuen sich sicher schon darauf, dort ein bisschen zu grasen.«

»Vielen Dank«, sagte Emily und brachte sogar ein Lächeln zustande. »Was würde ich nur ohne euch tun?«

Die vier Freundinnen strahlten sie an – dafür war der Horse Club schließlich da.

Geheimer Ausflug

Am kommenden Morgen halfen die Horse Club-Mädchen Emily schon in aller Frühe mit den Gastpferden. Sie holten sie von der Koppel, fütterten sie im Stall und waren nun dabei, sie zu putzen und zu striegeln.

»Sydney ist so süß!«, freute sich Sarah und bürstete das Connemara-Pony hingebungsvoll. »Sie wird total gerne gestriegelt.«

»Suki auch«, sagte Lisa und kämmte weiter die Mähne der gepunkteten Appaloosa-Stute.

»Oh! Das ist ja seltsam!«, rief Sofia plötzlich aus und blickte auf die kleine Bürste, die sie

für das Gesicht der braunen Lady benutzt hatte. »Hier sind dunkle Streifen drauf. Ich bin mir sicher, dass die vorhin noch nicht da waren.«

»Lass mich mal sehen«, bat Hannah und tätschelte Cassie den Hals. Sie betrachtete stirnrunzelnd die Bürste. »Ich glaube, das ist Matsch ... obwohl ich keine Ahnung habe, wo der hergekommen sein könnte. Die Koppeln sind nach dem heißen Wetter total vertrocknet.«

Auch Sarah warf einen Blick darauf. »Das sieht mir eher wie Ölfarbe oder Schuhcreme aus«, sagte sie. »Oh! Ich weiß! Das ist bestimmt eine der Bürsten, mit denen wir unsere Stiefel immer putzen. Wahrscheinlich ist sie irgendwie zwischen die Pferdestriegel geraten.«

»Klingt einleuchtend«, fand Hannah. »Und es sieht wirklich eher nach Schuhcreme aus als nach Matsch.«

»Okay, jetzt sollten wir aber los, wenn wir noch nach ihr-wisst-schon-wo wollen. Ich muss schließlich pünktlich zum Training wieder zurück sein«, rief Lisa. »Storm und ich müssen heute Morgen noch eine ganze Menge üben.«

»In Ordnung«, erwiderte Hannah. »Dann bringen wir die Damen mal wieder auf die Koppel, holen unsere Pferde und reiten ihr-wisst-schon-wohin.«

»Hoffentlich finden wir etwas über Queenies Verschwinden heraus«, sagte Sarah.

»Und hoffentlich erwischt uns niemand«, fügte Sofia hinzu.

Knapp eine halbe Stunde später bogen die Horse Club-Mädchen vom Hauptweg durch den Peppertree Wald ab und trotteten durch das Tor von Mr Michaels, Anwesen und

Stallungen. Sie huschten gerade noch rechtzeitig hindurch, bevor es sich hinter einem davonfahrenden Auto schloss. Sie verließen die Einfahrt so schnell wie möglich und bogen auf den ersten Pfad ab, den sie entdeckten. Er führte zu den im hinteren Teil des Grundstücks gelegenen Koppeln.

»Mystery spürt, dass ich nervös bin«, sagte Sarah, als ihre Palomino-Stute aufgeregt mit dem Kopf nickte und mit den Hufen scharrte.

»Blossom ist auch ein bisschen unruhig«, bestätigte Sofia. »Sonst tänzelt sie nicht so hin und her.«

»Aber macht es euch nicht auch Spaß?«, fragte Hannah mit einem Leuchten in ihren grünen Augen.

»Ich hoffe nur, dass wir nicht entdeckt werden«, sagte Lisa.

»Ja, aber hier geht's schließlich um Queenie«, erwiderte Hannah. »Wo würdet ihr ein Pferd verstecken? In einer dieser Scheunen? Doch sicher nicht im Stall, oder? Jemand könnte es dort bemerken und anfangen, Fragen zu stellen.«

»Stimmt«, sagte Sofia. »Aber man kann ein gestohlenes Pferd auch nicht allein in einer Scheune verstecken – es würde die ganze Zeit nach anderen Pferden wiehern und wäre furchtbar verstört.«

»Ha!«, stieß Hannah aus. »Vielleicht müsste man es vor aller Augen verstecken – zwischen anderen Pferden!«

»Wie meinst du das?«, fragte Lisa.

Aber Hannah antwortete nicht. Stattdessen rief sie: »Kommt mit, ihr Trantüten!« und galoppierte mit Cayenne den Weg hinunter. Ihre Freundinnen folgten ihr zu den Pferden, die auf den beiden großen Koppeln vor ihnen grasten. Weit genug entfernt und um die Tiere nicht aufzuscheuchen, wurden sie allmählich

langsamer und blieben schließlich stehen. Atemlos ließen sie den Blick über die Koppeln schweifen.

»Das ist die Koppel mit den Stuten«, sagte Lisa. »Aber keine von ihnen sieht aus wie Queenie. Es ist zwar eine braune dabei, aber sie hat vier weiße Stiefel – das ist auf keinen Fall Queenie.«

»Wir geben trotzdem noch nicht auf«, sagte Hannah. »Vielleicht ist sie ja doch in der Scheune. Wir könnten auf dem Weg zurück zum Tor heimlich einen Blick hineinwerfen.«

»Und wir könnten schnell im Stall nachsehen«, schlug Lisa vor. »Wer weiß, vielleicht sind Mr Michaels' Angestellte ja eingeweiht und sie steht doch mit den anderen Pferden dort drin.«

»Wir sollten aber auch nicht vergessen, dass Mr Michaels vielleicht gar nichts damit zu tun hat«, gab Sarah zu bedenken. »Queenie ist vielleicht auch ganz allein aus ihrem Stall spaziert, wie Alice es vermutet.«

»Vielleicht«, sagte Hannah. »Aber nachdem wir schon mal hier sind, können wir auch nachsehen.«

Im selben Augenblick tauchte ein kleines Geländefahrzeug in der hinteren Ecke der Koppel auf und steuerte direkt auf sie zu.

»Oh! Zeit zu verschwinden!«, rief Hannah plötzlich ganz erschrocken. Sie wirbelte Cayenne herum und preschte im Galopp mit ihm davon, dicht gefolgt von ihren Freundinnen.

Kurz darauf hatten sie die Scheune erreicht und versuchten, sich hinter einer hohen Mauer neben dem Gebäude zu verstecken. Storm folgte Lisas Anweisungen perfekt und machte für Sofia und Blossom Platz.

»Wow, das macht er wirklich toll«, lobte Sofia begeistert.

»Danke«, erwiderte Lisa strahlend. »Ich bin wirklich froh, dass ich bei Tom Dressurunterricht genommen habe.«

»Okay, wer traut sich und riskiert einen Blick in die Scheune?«, fragte Sarah und schaute fragend ihre Freundinnen an.

»Ich mache das«, meldete sich Hannah sofort freiwillig. »Es sei denn, von euch möchte jemand ...?« Aber keine ihrer Freundinnen rührte sich. »Du bist auf jeden Fall die Richtige für diese Aufgabe«, versicherte Sarah ihr.

»Versuche einfach, nichts umzuschmeißen und keinen Lärm zu machen«, fügte Lisa hinzu. »Du bist vielleicht die Wagemutigste von uns allen, aber du bist auch die Tollpatschigste!«

Hannah musste leise lachen – das konnte sie nicht leugnen. »Ich pass schon auf«, versprach sie, sprang aus dem Sattel und schlich sich vorsichtig aus ihrem Versteck.

Doch genau im selben Moment sah Sarah einen von Mr Michaels Angestellten über den Hof gehen: einen großen schlanken Mann mit

dunklen Haaren. »Schnell, komm wieder zurück!«, zischte sie. »Es kommt jemand!«

Hannah schlüpfte wieder zurück neben Cayenne. Die Mädchen hielten allesamt den Atem an, als der Mann ganz in der Nähe der Scheune an ihnen vorbeiging. Zum Glück schienen auch Cayenne, Storm, Blossom und Mystery den Ernst der Lage zu begreifen – keins der Pferde gab auch nur das leiseste Wiehern oder Schnauben von sich. Als der Mann endlich verschwunden war, atmeten die vier Mädchen erleichtert auf. Dann schlich sich Hannah erneut aus dem Versteck, um einen Blick in die Scheune zu riskieren.

»Viel Glück!«, flüsterte Sofia.

»Ich bin mir sicher, dass ich diesem Mann schon mal irgendwo begegnet bin«, murmelte Sarah, während sie darauf warteten, dass Hannah zurückkehrte. »Mir fällt nur gerade nicht ein, wo.«

»Vielleicht hast du ihn ja mal in Hazelwood gesehen«, vermutete Sofia.

»Oder er war bei einem der Turniere dabei, als ich gegen Tori angetreten bin«, fügte Lisa hinzu. »Sie ist sich viel zu fein dafür, irgendetwas selbst zu machen, und hat jedes Mal mindestens zwei Helfer dabei.«

»Vielleicht«, sagte Sarah, sie wirkte jedoch nicht sehr überzeugt.

Kurz darauf kehrte Hannah kopfschüttelnd zurück. »Nur ein Haufen Futtereimer und alte Landwirtschaftsmaschinen«, berichtete sie. »Keine Queenie.«

»Na ja, einen Versuch war es wert«, fand Sofia.

»Kommt, wir reiten zum Tor zurück und werfen unterwegs einen Blick in den Stall«, sagte Sarah.

Hannah schwang sich auf Cayennes Sattel und wagte sich zum Ende der Mauer vor. Sie überzeugte sich, dass die Luft rein war, trieb

ihn dann wieder an und winkte ihren Freundinnen zu, ihr zu folgen. Doch dann passierte es! Mr Michaels höchstpersönlich tauchte hinter der anderen Seite der Scheune auf und starrte sie ungläubig an – bis sich der verwirrte Ausdruck in seinen Augen innerhalb weniger Sekunden in Wut verwandelte.

»Was zur Hölle fällt euch ein, unerlaubt auf mein Gelände einzudringen?«, brüllte er.

Die Horse Club-Mädchen schauten einander voller Entsetzen an – sie hatten nicht den Hauch einer Ahnung, was sie darauf erwidern sollten.

»Was machen wir denn jetzt?«, flüsterte Sarah ängstlich. »Wir können Mr Michaels schließlich nicht die Wahrheit sagen!«

»Auf gar keinen Fall! Der macht uns doch einen Kopf kürzer«, warf Sofia ein.

»Aber was sollen wir ihm dann erzählen?«, auch Lisa wirkte leicht nervös.

»Ok, jetzt beruhigt euch mal«, zischte Hannah. »Bloß nicht in Panik geraten! Uns fällt schon was ein«. Doch so richtig überzeugt klang sie selbst nicht.

Gerade noch mal gut gegangen

Mr Michaels stampfte wutentbrannt auf die Horse Club-Mädchen zu und jagte selbst der sonst so sorglosen Hannah ein wenig Angst ein. Ihre Eltern würden unglaublich wütend werden, wenn Mr Michaels ihnen erzählte, wo er die Freundinnen erwischt hatte. »Ich war ... Wir wollten nur ...«, stammelte sie und versuchte, ruhig zu bleiben.

Doch dann hörten sie plötzlich jemanden rufen: »Lisa! Da bist du ja!«

Sie rissen die Köpfe herum und sahen Tom auf Pino. Er schien aus dem Nichts aufgetaucht zu sein, aber wahrscheinlich hatte er sich irgendwo bei den Ställen aufgehalten. Er trottete auf seinem hübschen Wallach zu ihnen und sie starrten ihn alle mit heruntergeklappter Kinnlade an. »Geht's dir und Storm gut?«, erkundigte er sich atemlos.

»Ja, warum?«, fragte Lisa verdutzt.

Sarah wunderte sich darüber, dass Tom so außer Atem wirkte, denn Pino schien überhaupt nicht erschöpft zu sein. Dann verstand sie jedoch plötzlich, was Tom vorhatte. Er versuchte, ihnen aus der Patsche zu helfen! »Na ja, du bist schließlich ziemlich schnell davongeprescht«, warf sie hastig ein. »Selbst für deine Verhältnisse!«

Tom zwinkerte Sarah zu, was Mr Michaels zum Glück nicht bemerkte.

Hannah schaute nur völlig verwirrt von einem zum anderen. Bevor sie etwas sagen konnte, das sie verraten hätte, fügte Tom schnell hinzu: »Ganz genau. Bloß gut, dass ihr anderen Lisa nachgeritten seid, als Storm ihr durchgegangen ist.« Hannah und Lisa begriffen immer noch nicht, was los war. Sofia hatte es hingegen auch verstanden und ergänzte: »Da machen wir einmal einen Ausritt mit Tom, und dann passiert so was.«

»Und dann seid ihr auch noch auf Privatgelände gelandet«, fügte Tom hinzu. »O Mann. Na ja, zum Glück ist nichts weiter passiert. Wir sind auch schon wieder weg ...«

»Oh, ja!«, rief Lisa aus, bei der schließlich der Groschen gefallen war. »Irgendetwas hat Storm einen Schrecken eingejagt. Wahrscheinlich ...« Sie verstummte, weil ihr einfach nichts einfallen wollte. Hilfe suchend schaute sie ihre Freundinnen an.

»Ein Vogel.«

»Der Wind.«

»Ein Hund«, riefen die drei anderen durcheinander.

Mr Michaels sah ziemlich misstrauisch aus und kein bisschen weniger wütend. »Moment mal, war es nur ein Vogel, ein Hund oder der Wind?«, hakte er nach.

Hannah verzog das Gesicht – sie waren wirklich die schlechtesten Schauspielerinnen der Welt. Sie würden nie im Leben damit durchkommen. Doch zum Glück eilte Tom ihnen erneut zu Hilfe. So sanft, dass es kaum zu erkennen war, drückte er Pino die Fersen in die Seiten.

»Aah!«, rief Mr Michaels aus, als Pino auf ihn zuzustürmen schien, dann jedoch direkt vor seiner Nase zu tänzeln begann.

»Tut mir leid«, entschuldigte sich Tom. »Wie es aussieht, ist Pino heute auch ziemlich lebhaft.«

Die Horse Club-Mädchen mussten sich richtig zusammenreißen, um nicht laut loszuprusten. Sie wussten schließlich, dass Pino ein ausgezeichnetes Dressurpferd war und Tom seine Bewegungen ganz genau kontrollierte.

Mr Michaels taumelte verdutzt rückwärts. Es war ihm ganz offensichtlich peinlich, dass er sich vor ihren Augen so vor Pino erschreckt hatte. »Bringt dieses Untier von hier weg!«, knurrte er, stolperte und fiel beinahe zu Boden.

»Natürlich. Tut mir wirklich leid. Ich versuche es ja ... Moment ... Komm, Pino, du alter Frechdachs!« Tom tat so, als hätte er Mühe, Pino im Zaum zu halten, während er ihn insgeheim weiter mit den Beinen dirigierte.

Hannah beschloss, die Gelegenheit zu nutzen, solange Mr Michaels abgelenkt war, und ihn wegen Queenie zu fragen. »Da wir schon mal hier sind, dürften wir uns vielleicht nach Queenie umschauen? Sie wissen schon, das Pferd, das verschwunden ist? Tom hat uns erzählt, dass Sie nicht wollen, dass jemand auf Ihrem Grundstück nach ihr sucht und dass Ihre Angestellten keine Zeit dafür haben. Aber vielleicht könnten wir ja helfen ...«

Lisa und Sarah tauschten einen erstaunten Blick. Sie konnten kaum glauben, wie mutig Hannah war. Auch Sofia zuckte zusammen, aus Angst, dass sie Mr Michaels damit nur noch wütender machte. Als es Tom schließlich gelang, Pino scheinbar wieder unter Kontrolle zu bekommen, blaffte Mr Michaels sie an: »Das wird nicht nötig sein.« Er keuchte heftig und versuchte, wieder zu Atem zu kommen. »Meine Angestellten haben nach Queenie gesucht, und sie ist ganz sicher nirgendwo auf meinem Grundstück.«

»Aber vielleicht könnten wir trotzdem –«, versuchte Hannah es erneut.

»Ich werde sie natürlich anweisen, auch weiterhin die Augen offen zu halten, nur für den Fall, dass sie sich doch noch zu uns verirrt«, unterbrach er Hannah mit fester Stimme. »Gut, wenn ihr jetzt alle verschwindet, dann werde ich darüber hinwegsehen, dass ihr mein Grundstück unbefugt betreten habt.« Seit sie Queenie erwähnt hatten, schien er es ziemlich eilig zu haben, sie loszuwerden. Aber wenigstens würden sie dadurch keinen Ärger mit Hannahs Eltern bekommen.

Ohne ein weiteres Wort zu riskieren, ritten Tom und die Mädchen davon, warfen auf dem Weg jedoch noch einen flüchtigen Blick in den Stall. Queenie war nirgends zu sehen.

Hannah hat eine Idee

Sobald sie durch das Tor geritten und außer Hörweite waren, verfielen Tom und die Horse Club-Mädchen in entspannten Trab. Sie blieben dicht zusammen, um sich unterhalten zu können.

»Das war großartig, Tom!«, rief Sarah.

»Ja! Du hast wirklich blitzschnell reagiert«, fügte Lisa hinzu. »Tut mir leid, dass ich ein bisschen schwer von Begriff war und nicht gleich gemerkt habe, worauf du hinaus willst.«

»Ein bisschen?« Hannah kicherte. »Ich dachte schon, wir müssten die Sache noch bis

nächste Woche hinauszögern, bis du es endlich kapierst.«

»Haha!«, schmollte Lisa, lächelte jedoch.

»Und die Idee mit Pino war einfach genial!«, fand Sofia.

Tom lachte aber nicht. Er lächelte noch nicht einmal. »Ihr wart heute wirklich unvernünftig, Mädels«, tadelte er sie. Aus seinem Mund klang das so komisch, dass die vier erneut in Gelächter ausbrachen. »Hört auf. Das ist wirklich nicht zum Lachen!«, rief er streng. »Ich meine es ernst. Mr Michaels ist kein sehr netter Mensch. Er kann euren Eltern und Lakeside das Leben richtig schwer machen, wenn er es darauf anlegt. Ihr betretet nicht mehr unerlaubt sein Grundstück, ist das klar?«

Die Mädchen verstummten und ihr Lächeln erstarb. Tom hatte recht.

»Okay, einverstanden«, sagte Sofia.

»Aber dürfte ich vielleicht mal erfahren, was du dort gemacht hast?«, fragte Hannah. »Bist du nicht auch unerlaubt eingedrungen?«

Tom errötete. »Na ja, im Prinzip schon«, murmelte er. »Aber nur, um nach Queenie zu suchen.«

»Genau wie wir auch«, verteidigte sich Lisa.

»Ich weiß. Aber ich bin erwachsen und verstehe, welches Risiko ich damit eingehe.«

»Wir wollten nur helfen«, versicherte Hannah kleinlaut.

»Das habe ich mir schon gedacht«, erwiderte Tom, nun etwas milder. »Und das ist auch wirklich sehr nett von euch. Und mutig. Aber bitte, keine weiteren heimlichen Ausflüge auf Mr Michaels' Grundstück. Diesmal sind wir hoffentlich damit durchgekommen. Aber

wenn er uns noch mal erwischt, ruft er vermutlich die Polizei.« Er konnte ein Grinsen nicht unterdrücken, als er hinzufügte: »Oder noch schlimmer, deine Eltern, Hannah.«

Hannah erschauderte. »Du hast recht, das wäre wirklich schlimmer.«

»Ihr habt auf den hinteren Koppeln nachgesehen, oder?«, fragte er dann.

Lisa nickte. »Und in der Scheune. Nichts.«

»Ich habe mich ausführlich in den Ställen umgeschaut, bevor ich so heldenhaft zu eurer Rettung eilen musste«, sagte Tom.

Sarah lachte. »Ich glaube, Pino war der Heldenhafte von euch beiden.«

Tom zuckte mit den Schultern und erwiderte scherzhaft: »Ich teile den Ruhm gerne mit ihm.«

Als sie die Hauptstraße nach Hazelwood erreichten, bogen Tom und Pino zum *Cups and Saddles* Reiter-Café ab, während die Mädchen Richtung Peppertree Wald und zurück nach Lakeside ritten.

»Tom hat recht«, sagte Hannah, als sie unter den schattigen Bäumen entlangtrotteten. »Es sieht nicht so aus, als sei Queenie irgendwo bei den Michaels.«

»Und vielleicht hat Mr Michaels ja auch gar nichts getan«, erinnerte Sarah die anderen.

»Ich muss allerdings zugeben, dass ich bei der ganzen Sache immer noch ein komisches Gefühl habe. Hier geht irgendetwas Seltsames vor sich und ich will herausfinden, was es ist. Ist euch aufgefallen, wie Mr Michaels reagiert hat, als du ihn nach Queenie gefragt hast, Hannah? Warum hat er plötzlich behauptet, sie hätten nach ihr gesucht?«

Die Mädchen dachten einen Moment lang darüber nach.

»Oh, ich weiß!«, rief Lisa dann plötzlich aus. »Ihm ist klar geworden, dass er uns am besten von seinem Grundstück fernhalten kann, wenn er behauptet, dass sie bereits nach Queenie gesucht haben.«

»Das klingt einleuchtend«, fand Sarah. »Aber es bedeutet trotzdem nicht, dass er Queenie tatsächlich hat.«

»Ich wette, er führt irgendetwas im Schilde«, grummelte Hannah. »Es ist schon ein ziemlicher Zufall, dass Queenie ausgerechnet vor diesem wichtigen Turnier verschwunden ist. Und dass Alice Toris größte Rivalin ist.«

»Abgesehen von dir natürlich, Lisa«, fügte Sarah hinzu.

Lisa runzelte die Stirn. »Ich weiß. Mir läuft es immer noch eiskalt den Rücken hinunter, wenn ich nur daran denke, dass das auch Storm hätte passieren können.« Sie nahm die Zügel in eine Hand und tätschelte ihrem wunderschönen schwarzen Wallach den Hals.

»Alice muss sich im Augenblick ganz schrecklich fühlen.«

»Und darum sollten wir auch weiter ermitteln. Schließlich besteht immer noch die Möglichkeit, dass Mr Michaels doch etwas damit zu tun hat«, fand Hannah.

Die anderen drei konnten ihr da nur zustimmen.

»Aber was können wir denn jetzt noch machen?«, fragte Sofia.

»Mir geht dieser Mann einfach nicht mehr aus dem Kopf, der uns vorhin entgegenkam«, sagte Sarah. »Ich weiß ganz sicher, dass ich ihn schon einmal gesehen habe. Mir fällt bloß nicht mehr ein, wo ...«

»Irgendwann erinnerst du dich bestimmt wieder daran – wenn du es am wenigsten erwartest«, versicherte Sofia ihr.

»Wahrscheinlich morgen früh um drei«, scherzte Hannah.

»Hoffentlich nicht«, sagte Sarah. »Andererseits würde ich mich vielleicht sogar darüber freuen. Ich werde einfach das Gefühl nicht los, dass er irgendetwas mit Queenies Verschwinden zu tun hat.«

Plötzlich wieherte Mystery, warf den Kopf in die Luft und tänzelte hin und her. Sarah krallte sich in ihrer Mähne fest, um das Gleichgewicht nicht zu verlieren. »Ruhig, Mädchen!«, sagte sie. »Hast du etwas im Gebüsch gehört?«

Lisa lächelte. »Ich glaube, sie wollte dir nur zustimmen.«

»Wahrscheinlich hast du recht«, erwiderte Sarah.

»Was, wenn ...«, murmelte Hannah.

»Ja?«, fragte Sarah aufgeregt.

»Mir ist da nur ein Gedanke gekommen«, sagte Hannah. »Ich weiß, dass das schrecklich klingt, aber ... Falls Mr Michaels Queenie wirklich gestohlen hat, glaubt ihr, dass Tori dann auch in die Sache verwickelt ist? Sie will das Springreitturnier schließlich unbedingt gewinnen.«

»Vielleicht war es sogar ihre Idee!«, vermutete Lisa. »Wir wissen doch alle, dass sie wahnsinnig ehrgeizig ist.«

»Ja, genauso ehrgeizig wie du«, scherzte Sofia. »Aber ich kann mir einfach nicht vorstellen, dass sie bei so etwas mitmachen würde. So gemein sie zu uns auch ist, sie liebt Tiere wirklich.«

Sarah schien die ganze Unterhaltung unangenehm zu sein. »Wir wissen doch noch überhaupt nicht, ob Queenie wirklich gestohlen wurde«, erinnerte sie ihre Freundinnen erneut.

»Das ist wahr«, sagte Hannah. »Aber es kann schließlich nicht schaden, Tori ein paar Fragen zu stellen und zu sehen, wie sie darauf reagiert. Ich weiß, dass sie und Princess gerade auf dem Springparcours in Lakeside trainieren.«

»Du hast recht«, fand Lisa. »Kommt mit!«

Bevor Sarah protestieren konnte, galoppierten Lisa und Hannah auf dem Reitweg davon, dicht gefolgt von Sofia. Auch Mystery jagte ihnen nach, ohne dass Sarah sie antrieb. Da ihr Pferd den anderen zuzustimmen schien, beschloss sie, es ebenfalls zu tun und Tori zur Rede zu stellen.

Tori wird eingeweiht

»Dafür habt ihr überhaupt keine Beweise! Wie könnt ihr es wagen, so etwas über meinen Vater zu behaupten?«, fauchte Tori die vier Freundinnen an.

Bisher war ihr Gespräch über Queenie nicht besonders gut gelaufen. Als Hannah ihr von ihrem Verdacht gegen Mr Michaels erzählt hatte, hatte Tori sie einen Moment lang

nur schweigend angestarrt. Jetzt war sie jedoch richtig wütend.

»Es tut uns wirklich leid, Tori –«, begann Sarah, aber Tori schnitt ihr das Wort ab. »Sicher, er hat ein paar Sachen getan, die anderen Leuten nicht gefallen!«, schrie sie. »Aber ein Pferd stehlen? Das würde nicht einmal er tun! Und davon abgesehen glaubt er an mich und ist sich sicher, dass ich das Turnier in Oak Valley auch mit fairen Mitteln gewinnen kann.«

»Tori, wir –«, versuchte es Sofia.

Aber Tori stampfte zornig zu Princess hinüber, die zufrieden neben dem Reitplatz graste, und führte sie zurück auf den Hof.

Die Horse Club-Mädchen schauten einander an. Sie fühlten sich ziemlich mies. »Tja, das ist wirklich miserabel gelaufen«, sagte Lisa.

»Na ja, wenigstens wissen wir jetzt, dass sie nichts damit zu tun hat«, erwiderte Sarah.

»Ja, das war wirklich offensichtlich«, stimmte Sofia ihr zu.

»Wenn ihr nichts dagegen habt, dann gehe ich jetzt mit Storm zurück auf den Hof und striegele ihn«, sagte Lisa. Sie wirkte sehr nachdenklich. »Ich weiß, dass ich eigentlich für das Turnier trainieren sollte ... Aber nach allem, was passiert ist, möchte ich einfach ein bisschen Zeit mit ihm verbringen.«

»Natürlich«, erwiderte Hannah. »Das verstehe ich gut.«

»Bis später«, sagte Sofia.

Während Lisa zum Hof zurückging, führten die anderen Mädchen ihre Pferde auf die Koppel. Anschließend holten sie sich in der Küche selbst etwas zu trinken.

Auf dem Hof bürstete Lisa Storm inzwischen mit der Kardätsche und flüsterte ihm ins Ohr: »Ich könnte es nicht ertragen, wenn dir irgendwas passieren würde. Ich hab dich so lieb.« Storm stupste sie zur Antwort liebevoll mit der Nase an.

Sie wollte gerade anfangen, seine lange dicke Mähne zu kämmen, als Tori Princess über den Hof führte. Sie ignorierte Lisa und Storm absichtlich und band die Stute am hintersten Pfosten fest, so weit entfernt wie möglich. Doch Lisa wollte die Sache zwischen ihnen wieder in Ordnung bringen – soweit das mit Tori eben möglich war. »Hör mal«, begann sie, »ich hätte zwar nie gedacht, dass ich das mal sagen würde, aber … Es tut mir leid, Tori. Und den anderen auch. Natürlich würdest du so etwas niemals tun.«

Daraufhin drehte sich Tori doch zu Lisa um und seufzte tief. »Ich weiß ja, dass wir uns nicht besonders gut verstehen …«, begann sie.

Lisa lachte. »Das könnte man so sagen.«

»Aber ich liebe Tiere. Ich würde niemals das Pferd von jemandem stehlen.«

»Das weiß ich doch. Und ich glaube dir«, versicherte Lisa. Noch sanfter fügte sie hinzu: »Aber glaubst du, dass dein Vater es vielleicht getan haben könnte?«

Einen Moment lang sah Tori wieder richtig wütend aus, aber dann ließ sie die Schultern hängen und kam auf Lisa zu. »Möglich ist es«, gab sie ganz leise zu, als sie direkt vor ihr stand. »Ich habe ihn gehört ...« Sie verstummte und schaute Lisa unsicher an.

»Ja?«, ermunterte Lisa sie. »Du kannst es mir sagen, ehrlich.«

»Na ja, ich habe ihn gehört, als er am Telefon damit angegeben hat, dass ich das Springreitturnier in Oak Valley gewinnen werde«, gestand sie. »So etwas sagt er natürlich andauernd, deshalb hätte es mich eigentlich nicht überraschen sollen. Aber diesmal klang er, als sei er sich vollkommen sicher.«

»Das ist wirklich seltsam«, stimmte Lisa ihr zu. »Hör mal, Tori, würdest du uns bei etwas helfen? Nur für Queenie, natürlich.«

Beinahe sah es aus, als würde Tori »auf keinen Fall« antworten. Dann nickte sie jedoch kaum merklich mit dem Kopf. »Okay«, flüsterte sie leise und klang dabei überhaupt nicht so selbstbewusst und hochnäsig wie sonst.

»Freunde?«, bot Lisa ihr an, weil Tori ihr auf einmal richtig leidtat. Vielleicht war sie deshalb oft so gemein. Es musste wirklich schrecklich sein, einen Vater wie Mr Michaels zu haben.

Tori richtete sich kerzengerade auf und setzte ihren üblichen arroganten Blick auf. »Na, wir wollen ja nicht gleich übertreiben«, sagte sie. »Und glaube ja nicht, dass ich beim Springreitturnier deswegen gnädiger zu dir sein werde. Ich werde dich trotzdem schlagen!«

Eigentlich hätte Lisa deswegen beleidigt sein müssen, aber stattdessen lachte sie nur. »Die alte Tori ist wieder zurück«, scherzte sie. »Es geht nicht immer nur ums Gewinnen, weißt du?«

»Wer bist du und was hast du mit meiner Freundin Lisa gemacht?«, rief Hannah, als sie sich mit den anderen Horse Club-Mädchen zu ihnen gesellte.

»Oh, großartig, die ganze Bande ist hier«, stöhnte Tori hochnäsig.

Hannah streckte ihr die Zunge heraus, aber Sarah blickte Tori mit ernster Miene an. »Ich weiß es wieder«, murmelte sie. »Ich weiß, wo ich diesen Mann auf Mr Michaels' Hof schon einmal gesehen habe.«

»Ihr wart bei uns auf dem Hof?«, fragte Tori und warf ihr einen missbilligenden Blick zu. Sarah ignorierte sie jedoch und fügte hinzu: »Er war der Fahrer des Anhängers, in dem Lady und Cassie nach Lakeside gekommen sind!«

Die anderen Horse Club-Mädchen trauten ihren Ohren nicht.

»Wovon sprichst du denn da?«, fragte Tori.

»Tori, hast du nicht eben gesagt, dass du uns helfen würdest, wenn es um Queenie ginge?«, fragte Lisa.

Tori blickte sie finster an. »Hm, ich schätze, das habe ich wohl«, gab sie zu.

»Gut. Weil wir jetzt nämlich deine Hilfe brauchen«, erwiderte Lisa und zerrte sie mit sich vom Hof. »Du musst dir mal kurz ein paar Pferde anschauen.«

»Aber was ist mit Princess? Ich kann sie doch nicht einfach hier stehen lassen!«, stammelte Tori, während Lisa mit ihr vom Hof eilte, Sofia, Sarah und Hannah dicht auf den Fersen.

»Keine Angst. Sie kann bei Storm bleiben, da passiert ihr schon nichts«, sagte Lisa. Dann fügte sie mit einem Grinsen hinzu: »Die beiden sind nämlich gute Freunde, ganz im Gegensatz zu uns. Tori blickte Lisa skeptisch an und zögerte. »Na ja, ich weiß nicht...«, bemerkte sie zweifelnd.

»Jetzt komm endlich«, drängte Lisa noch einmal und zog an Toris Arm.

»Ok, ok, schon gut, ich komme ja«, gab Tori nach und ließ sich von Lisa vom Hof führen.

Queenie wird entdeckt

Als sie die Koppel erreichten, auf der die Gastpferde grasten, fragte Hannah Tori ungeduldig: »Erkennst du eins von ihnen?«

»Gib mir wenigstens mal eine Minute Zeit, damit ich sie mir anschauen kann«, blaffte Tori sie an. Sie betrachtete die fünf Stuten und murmelte leise: »Keine von ihnen kann es mit Princess aufnehmen. Man sieht sofort, dass sie nicht aus einer so edlen Züchtung stammen oder –«

»Tori! Deswegen sind wir nicht hier!«, schrie Lisa sie an.

Von Tori kam jedoch nicht die erwartete Retourkutsche. Stattdessen schwieg sie und starrte Cassie an, die schwarze Stute, die zusammen mit Lady in dem Pferdeanhänger nach Lakeside gebracht worden war. Ihr klappte die Kinnlade herunter.

»Was ist denn?«, wollte Sarah wissen.

»Das ergibt doch gar keinen Sinn ...«, murmelte sie. »Das ist Tuku, Harrys Pferd. Harry ist einer von Dads Angestellten.« Die Horse Club-Mädchen starrten einander staunend an.

»Was?«, fragte Sofia. »Aber Emily hat doch gesagt, dass diese Stute Cassie heißt.«

»Tori, bist du dir sicher, dass das Tuku ist?«, wollte Hannah wissen.

»Ich denke doch, dass ich ein Pferd erkenne, das ich schon seit Jahren kenne«, antwortete Tori kühl.

»Ich frage ja nur«, blaffte Hannah sie an, aber Sarah knuffte sie mit dem Ellenbogen in die

Seite. Hannah zwang sich, Tori anzulächeln. Sie brauchten schließlich ihre Hilfe.

»Aber von den anderen erkennst du keins?«, fragte Lisa.

»Sonst hätte ich es euch gesagt«, antwortete Tori schnippisch. Sie versuchte, gelangweilt auszusehen. Es gelang ihr jedoch nicht, ihr Interesse vor den anderen zu verbergen. »Was geht hier vor sich?«, fragte sie schließlich. »Nicht, dass es mich interessieren würde ...«

»Das wissen wir auch nicht so genau«, gestand Sofia. Plötzlich schnappte Sarah nach Luft. »Oh! Hannah, was hast du gesagt, als wir auf Mr Michaels' Hof nach Queenie gesucht haben?«

»Ihr habt was getan?!«, schrie Tori, aber niemand beachtete sie.

Hannah wirkte verwirrt.

»Du weißt schon, darüber, wo man ein Pferd am besten verstecken könnte ...«, versuchte Sarah es weiter.

»Ah! Ja!«, rief Hannah, als sie sich wieder erinnerte. »Du meinst, dass man ein Pferd am besten zwischen anderen Pferden versteckt? Aber was hat das mit Queenie zu tun?«

»Wenn man dann noch das Aussehen des Pferdes ändert …«, murmelte Sofia, die allmählich verstand, worauf Sarah hinauswollte. »Oh! Das erklärt auch die braunen Streifen auf der Bürste!«

»Welche Streifen auf welcher Bürste?«, fragten Lisa und Hannah gleichzeitig und Sarah und Sofia mussten lachen.

»Seid ihr jetzt alle total durchgedreht?«, fragte Tori. »Weil es sich nämlich ganz danach anhört. Aber so lustig dieses wirre Gefasel über gestreifte Bürsten und versteckte Pferde auch sein mag, ich muss jetzt wirklich wieder –«

»Was tust du denn da?«, unterbrach Hannah sie, als Sarah sich unter dem Zaun hindurchduckte und auf Lady zuging, die braune Stute aus dem Anhänger.

Sarah stellte sich neben Lady und begann, ihr über die Stirn zu streicheln, nachdem sie sich den Ärmel ihres Langarmshirts über die Hand gezogen hatte. Nun warf sie einen Blick darauf und schnappte nach Luft. Dann hielt sie ihre Hand hoch und zeigte sie ihren Freundinnen. »Das ist Farbe!«, rief sie ganz leise, um Lady nicht zu erschrecken. »Eigentlich hat sie eine weiße Blesse auf dem Gesicht!«

»Willst du damit sagen, dass Lady in Wahrheit Queenie ist?«, fragte Sofia verblüfft.

Sarah nickte. »Sie war die ganze Zeit hier, direkt vor unserer Nase! Es ist genau, wie du gesagt hast, Hannah. Mr Michaels hat ein Pferd zwischen anderen Pferden versteckt! Aber nicht auf seinem eigenen Hof, sondern hier!«

»O mein Gott!«, stieß Lisa aus. Dann rannte sie zum Haus zurück. »Ich rufe sofort Alice an!«

»Damit darf Mr Michaels nicht durchkommen!«, schnaubte Hannah wütend. »Trotzdem weiß ich jetzt schon, dass er sich irgendwie aus dieser Sache herauswinden wird, wie üblich.«

»Nein, das wird er nicht«, sagte Sarah mit einem geheimnisvollen Lächeln.

»Und warum nicht?«, fragte Hannah ungeduldig.

»Weil mir gerade eine Idee gekommen ist. Er wird selbst zugeben, was er getan hat.«

»Das wird er niemals tun«, widersprach Tori ihr entschlossen.

»Doch, wird er«, entgegnete Sarah und ihre Augen funkelten listig. »Und zwar morgen, beim Springreitturnier. Ich muss nur noch mit Tom sprechen, dann erzähle ich euch alles.«

Und damit hüpfte sie gut gelaunt davon, ein fröhliches Pfeifen auf den Lippen.

***

Nach einer Weile kehrte Tori zu Princess zurück, während Hannah und Sofia wild spekulierten, was Sarah sich wohl ausgedacht haben könnte, um Mr Michaels zu überlisten. Sie beschlossen, sich auf die Suche nach ihr zu machen. Dann sahen sie jedoch, dass Lisa und Alice auf sie zueilten, gemeinsam mit Mr Kramer und Alice' Vater.

Natürlich brauchte Alice höchstens eine Sekunde, um ihre geliebte Queenie wiederzuerkennen. Sie hatte sich kaum unter dem Zaun hindurchgeduckt, als Queenie fröhlich

wiehernd und mit hoch erhobenem Schweif auf sie zugaloppierte.

»Ich kann euch Mädchen gar nicht genug danken«, rief Alice' Vater aus. »Es war einfach furchtbar für uns, nicht zu wissen, wo Queenie ist. Vor allem natürlich für Alice.«

»Ja, das habt ihr wirklich toll gemacht«, lobte sie auch Mr Kramer. »Aber jetzt solltet ihr uns erst einmal genau erklären, was eigentlich passiert ist.«

»Das werden wir«, versicherte Hannah. »Und es wird dich bestimmt nicht überraschen, dass Mr Michaels hinter der ganzen Sache steckt.«

Alice' Vater tobte vor Wut. »Ich gehe sofort zu ihm – und die Polizei nehme ich auch gleich mit!«

»Ehrlich gesagt, habe ich eine bessere Idee – falls Alice einverstanden ist«, hörten sie eine Stimme hinter sich. Hannah wirbelte herum und sah, dass Sarah hinter ihnen stand. »Wenn wir die Sache schlau anstellen, dann können wir ihn richtig bloßstellen, ohne dass Lakeside irgendwelche Schwierigkeiten bekommt.«

Mr Kramer wirkte darüber sehr erleichtert.

»Also«, begann Sarah und sie scharten sich ganz eng um sie. »Bei dem Springreitturnier morgen ...« Und dann weihte sie die anderen in ihren Plan ein.

Der Täter wird überführt

»Und als Letzte: Alice Evans auf Lady. Die beiden haben sich ganz kurzfristig angemeldet und stehen daher nicht auf dem offiziellen Programm.«

Während Toms Ansage aus den Lautsprechern ertönte, hakte sich Sofia bei Sarah und Hannah ein, die links und rechts neben ihr auf der Zuschauertribüne saßen. »Ich hoffe, es funktioniert«, flüsterte sie.

Hannah blickte zu Mr Michaels hinüber, der ganz in der Nähe neben Tori saß. Sie hatte ihren ersten Durchgang bereits absolviert

und war anschließend sofort auf die Tribüne geeilt. Ihr Plan sah vor, dass sie neben ihrem Vater saß, wenn Alice den Parcours betrat.

Alice wirkte sehr professionell, als sie auf Lady ins Stadion kam: Ihre Reithose und das Jackett waren makellos, die Stiefel glänzend poliert und sie hatte die Haare unter dem Helm zu einem perfekten Zopf geflochten. Außerdem strahlte sie von einem Ohr zum anderen. »Man würde nie vermuten, was sie alles durchgemacht hat«, bemerkte Hannah.

»Ich schätze, sie ist einfach unendlich glücklich, dass sie Queenie wiederhat«, flüsterte Sofia. »Au!«, stieß sie dann aus, als Hannah sie in die Rippen boxte. »Schon gut. Mr Michaels kann uns doch gar nicht hören. Gib es zu, du hast mich nur geboxt, weil es dir Spaß macht!«

»Lady sieht toll aus«, sagte Sarah. »Man erkennt überhaupt nicht, dass wir ihre Blesse wieder mit Schuhcreme übermalt haben ... Au!« Hannah knuffte auch Sarah energisch in die Seite. »Du hast recht«, sagte sie zu Sofia. »Das macht Hannah wirklich Spaß!«

»Okay, ich gebe es zu«, gestand Hannah grinsend. »Oh, pst! Tom bringt gleich unseren Plan ins Rollen!«

»Du redest doch die ganze Zeit!«, protestierte Sofia und erntete einen weiteren Stoß in die Rippen.

»Das Interessante an diesem Gespann ist«, sagte Tom ins Mikrofon, während Alice und Queenie mit Leichtigkeit das erste Hindernis nahmen, »dass die beiden erst seit ein paar Tagen ein Team sind. Lady war als Pflegepferd auf dem Lakeside Pferdehof und Alice hat sich dort sofort mit ihr angefreundet. Wie viele von Ihnen sicher wissen, wird Queenie, Alice'

geliebtes Pferd, immer noch vermisst. Oh, ein fantastischer Sprung über den Zaun – und damit ist sie auf dem Weg zur Dreifachkombination!«

»Entschuldigung!«, bellte Mr Michaels Tom förmlich an. Er wirkte wutentbrannt. »Sie sitzen nicht an diesem Mikrofon, um uns irgendwelche Geschichten zu erzählen.«

»Tut mir leid, Mr Michaels«, erwiderte Tom mit kessem Unterton und kommentierte wieder ausschließlich Alice' Springkünste.

Als Alice und »Lady« jedoch unter tosendem Applaus ohne Abwurf über das letzte Hindernis sprangen, ging Tom zu Mr Michaels hinüber.

Obwohl sie noch im Stadion waren, sprang Alice aus dem Sattel und streichelte Ladys

Gesicht. Die Zuschauer nahmen vermutlich an, dass sie sich nur darüber freute, dass ihr Durchgang so gut gelaufen war und dass sie ihr Pferd dafür loben wollte. Die Horse Club-Mädchen wussten jedoch, dass auch dies zu ihrem Plan gehörte.

»Komm jetzt, Tori, wir gehen«, schnaubte Mr Michaels und erhob sich wütend. Er war knallrot angelaufen. Außerdem schien er den Blick nicht von Alice und Ladys Stirn abwenden zu können.

»Warum denn, Daddy?«, rief Tori übertrieben dramatisch. Aber wenigstens hielt sie sich an den Plan. »Ich muss doch noch meinen zweiten Durchgang reiten!«

»Wir müssen jetzt aber gehen!«, schnauzte Mr Michaels sie an. Dann erschrak er, als er seine eigene Stimme aus den Lautsprechern hörte. Toms Mikrofon fing seine Unterhaltung mit Tori laut und deutlich ein. Mr Michaels warf Tom einen finsteren Blick zu und ging außer Reichweite des Mikrofons, während Tori sich mit Unschuldsmiene noch näher darauf zuschob. »Ist Lady nicht hübsch?«, fragte sie. »Harry hat sie doch für uns nach Lakeside gebracht, oder, Daddy?«

»Nein, da irrst du dich, Tori«, widersprach ihr Mr Michaels und hatte sichtlich Mühe, sie nicht anzubrüllen. »Harry hat Lady nicht nach Lakeside gebracht. Meine Angestellten hatten nichts damit zu tun –«

»Aber wir haben ihn gesehen, als er sie abgeliefert hat«, sagte Lisa, die plötzlich auf der anderen Seite neben Mr Michaels stand, genau, wie die Mädchen es geplant hatten. Er wirbelte zu ihr herum und starrte sie völlig perplex an.

Doch bevor Mr Michaels etwas erwidern konnte, schnappten die Zuschauer geschlossen nach Luft und auch er richtete seine Aufmerksamkeit wieder auf den Parcours.

»O mein Gott! Schaut mal!«, rief Alice. »Lady ist in Wahrheit Queenie!« Dann hielt sie mit nicht besonders überzeugend gespieltem Entsetzen die Luft an. »Ich kann es nicht glauben! Ich habe endlich mein geliebtes Pferd wieder!«

»Unfassbar! Aber wer hat sie wohl so getarnt?«, schrie Lisa ins Mikrofon. »Wer immer es getan hat, muss sie auch aus ihrem Stall entführt haben!«

Mr Michaels versuchte, sich von der Tribüne zu schleichen, aber Tom versperrte ihm den Weg. »Moment mal, Lisa«, sagte er ins Mikrofon. »Wenn ein Angestellter von Mr Michaels' Hof Queenie nach Lakeside gebracht hat – wahrscheinlich, um Toris stärkste Konkurrenz beim heutigen Springreitturnier aus dem Weg zu räumen –, dann muss Mr Michaels doch ganz bestimmt –«

In dem Augenblick riss Mr Michaels Tom das Mikrofon aus der Hand und bellte völlig verstört hinein: »Also, ich habe zwar keine Ahnung, was hier los ist, aber falls hier wirklich jemand ein falsches Spiel getrieben hat, dann hatte ich nichts damit zu tun. Harry muss auf eigene Faust gehandelt haben und ich werde ihn natürlich sofort entlassen. Und jetzt entschuldigen Sie mich – wir gehen!«

Tori rührte sich jedoch nicht. »Nein, Daddy, ich bleibe«, widersprach sie ihm. »Ich werde das Turnier beenden, mit allen anderen. Und falls ich gewinne, dann nur mit fairen Mitteln.«

Ihr Vater warf ihr einen erstaunten Blick zu und murmelte ein »von mir aus«, bevor er erneut versuchte, die Tribüne zu verlassen. Er war jedoch noch keine zwei Schritte gegangen, als Tom mit einem Grinsen sagte: »Gut, dann fragen wir doch mal Harry, was er dazu zu sagen hat. O nein, das können wir ja gar nicht

– weil er bereits auf der Polizeiwache in Springdale ist und eine umfassende Aussage macht.«

Mr Michaels fielen fast die Augen aus dem Kopf, als er das hörte. Er schob sich an den anderen Zuschauern vorbei, begleitet von aufgeregtem Gemurmel. »Wissen Sie, Harry hatte nämlich ein schlechtes Gewissen wegen der ganzen Sache. Er hat beschlossen, die Wahrheit zu sagen und die Konsequenzen zu tragen. Und ich würde Ihnen raten, dasselbe zu tun.«

Doch Mr Michaels eilte ohne ein weiteres Wort davon. Sobald er das Stadion verlassen hatte, brandeten tosender Applaus und Jubel für Tom auf. Tom genoss die Aufmerksamkeit sichtlich und verbeugte sich mit breitem Grinsen.

Kurz darauf kam Alice' Vater zu ihm und schüttelte ihm dankbar die Hand. Lisa gesellte sich zu ihren Horse Club-Freundinnen, während Alice lachend Queenies wunderschöne Mähne streichelte und ihnen immer wieder ein »danke« zurief.

»Gern geschehen!«, rief Sarah fröhlich winkend zurück.

Dann deutete auch Tom plötzlich auf die vier Freundinnen und sagte ins Mikrofon: »Ein großes Dankeschön auch an Hannah, Lisa, Sarah und Sofia. Sie haben herausgefunden, was wirklich mit Queenie passiert ist. Und sie haben nicht aufgegeben, bis sie endlich wieder mit Alice vereint war!« Erneut brandeten tosender Applaus und lauter Jubel auf. Nun waren es die vier Horse Club-Mädchen, die sich strahlend verbeugten. Stolz gaben sie sich gegenseitig ein High Five. Als der Applaus schließlich verebbte, setzten sich die vier wieder hin und auch Tom kehrte mit einem Augenzwinkern an seinen Platz zurück.

»Das war einfach unglaublich!«, freute sich Sofia.

»Ja, aber ich wette, unser nächstes Abenteuer wird noch viel unglaublicher«, erwiderte Hannah lachend. »Hey, vielleicht können wir ja in Zukunft als Privatdetektive arbeiten.«

»Immer mit der Ruhe, Hannah«, sagte Sarah. »Gib uns wenigstens einen Tag Zeit, um uns von diesem Abenteuer zu erholen.«

»Das ist mal wieder typisch, du Spaßbremse«, neckte Hannah sie. Und daraufhin stürzten sich ihre Freundinnen auf sie und kitzelten sie durch, bis sie keinen einzigen Ton mehr herausbrachte.